문학과지성 시인선 298

철갑 고래 뱃속에서

정남식 시집

문학과지성사에서 펴낸 정남식의 시집

시집(1990)

문학과지성 시인선 298
철갑 고래 뱃속에서

펴낸날 / 2005년 4월 29일

지은이 / 정남식
펴낸이 / 채호기
펴낸곳 / (주)문학과지성사
등록번호 / 제10-918호(1993. 12. 16)

서울 마포구 서교동 395-2(121-840)
편집 / 338)7224~5   FAX   323)4180
영업 / 338)7222~3   FAX   338)7221
홈페이지 / www.moonji.com

ⓒ (주)문학과지성사, 2005. Printed in Seoul, Korea

ISBN 89-320-1598-8

문학과지성 시인선 298

철갑 고래 뱃속에서

정남식

2005

시인의 말

바다를 바라볼 때면 슬며시 서늘함을
갖는다. 어쨌든 경계가 분명한 바다를
느끼려면 젖어야 하기 때문이다. 그걸
지우려면, 몸을 던지거나 고기를 낚고
배 타는 일밖에 없다. 마음속에 인면어
한 마리 부단히 키워야 겨우 바다의 발
등이나마 건널 수 있으리라.

2005년 4월
정남식

철갑 고래 뱃속에서

차례

▨ 시인의 말

다시, 박정윤에게

제1부

그대 한 마리

지난밤의 창가에 물고기 한 마리
울고 있다 파도 소리에 지워졌다 나타나며
그 소리는 내내 그대의 잠결에서
흔들렸다 그대여, 그대의 손이 떨렸으리라

해 지도록 방파제에 바람 불고
줄에 묶인 빈 고깃배로 서성였건만
물고기떼 다들 숨었다
바람이 그대 입을 거칠게 여닫는다

밤의 창가에 그대 한 마리
살고 있다 물결 소리에
지워졌다 나타나며
한순간 지느러미가 흔들렸다
낚싯바늘에 걸린 듯
아가미가 마구, 흔들렸다

집으로 돌아오는 길

일 마치고 산 밑으로 나오는 길에
바닷바람에 나부끼는 나뭇가지, 바람의 숲

나도 나부끼어 저 숲으로 흘러드니
몸이 빠진 듯 휘어져
그림자가 길을 걸어간다

집으로 돌아오는 길에
어찌 그대는 갓길로 돌아누웠는가 나는
길을 그대로 따라간다

나뭇가지 끝의 날카로움으로
바람 따라 하늘 한구석을 찌르듯이
그대여 길을

바다 가까이
벚나무에서 물관 마르고
이마 가린 손끝에서
물이 차오른다

굴참나무 밑에서

굴참나무 뒤로 계곡 물이 흐른다
물소리 점차 불어나고 이내 어두워졌다
큰 물소리를 귀에 베고
휴양림 산막에 누웠다

굴참나무처럼 서 있었다

소리도 없이 번개가 산 너머에서
빛을 냈다

불안한 귀로 보았다
번개 불빛에 뼈처럼 드러난 물살들
네 살이 확, 넘쳤다

메타세쿼이아

여름이 늦어지고 있다
푸른 하늘에 저녁 어스름, 검은 새가
흐르고 자두의 「잘 가」가
"앞으로 가, 곧바로 가, 뒤도 보지 말고 뛰어가!"

노랫소리에 메타세쿼이아가 흔들릴 듯
전자 기타에 떠는 잎이 갈색으로 지치다 지친다
동백도 고슴도치 수천 송이를
벙글게 하는가 메타세쿼이아는
스피커의 거대한 음향에 나뭇가지로 잎들을 꽉
붙들고, 다시 새가 날아오른다

뿌리가 습기에 더욱 차고
메타세쿼이아는 목질의 수많은 눈을 질끈 감고
타는 듯이 적막하다

가지의 뺨이 천천히 붉어진다

슬픔은 꽃피어나는 거야

슬픔이 꽃처럼 똑, 떨어졌다
슬픔이 눈을 들고 나를 쳐다본다
슬픔은 이렇게 지는 게 아니지
슬픔은 꽃피어나는 거야
태산목 싱싱한 가지에서 살점 같은 꽃잎이
뚝뚝 듣는다, 풀잎들이 그 살을 파먹고
꽃잎은 말라죽어 슬픔의 뼈로 남는다
바람이 스미어 풀 속에 눕는다
부스러기의 힘으로 기어가는 붉은 흙 울음,
지렁이의 슬픔, 온통 풀밭이 푸르네

친구

비가 내린다
부슬부슬 마당에
연꽃 방울이 피어오른다
바다가 반쯤 귀를 열고 눈뜨고 있다
너는 밭에 나갔다

임신한 황색 개가 서서 바다를 바라본다
고추밭 위로 흰나비가 날아들었다
개가 바다를 물다 만 자리에
비가 내린다 버스 정거장에
소식이 젖어 있다
개가 참새 몇 마리를 물어다 놓는다
참새가 까치를 불렀다

비가 내린다
너는 밭에 나갔다
바다가 흐린 하늘을 배꼽 아래 끌어안고
오래 기다린다
슬슬 마당에
친구들이 놀고 있다

병든 노모 떠메고 덕률이가
밭에서 호미 잡고 놀고 있다

청춘의 이불

어제 비가 들었습니다. 한 달 내 누렇게 먼지 바람이 틈새를 뒤집었습니다. 틈새만이 먼지의 집인 듯 먼지가 무서리로 내릴 무렵, 비가 들었습니다. 비에 젖을 때 늙은 마음도 문득 청춘입니다. 먼지처럼 남아, 닦고 나도 남는 먼지 같은 청춘들, 그대 먼지들아, 오늘은 옥상에 올라가 축축한 이불 몇 채 줄에 걸었습니다. 지난번 꿈에 바람이 지린 오줌 자국을 지우려고, 그러나 진흙 구름을 먼저 보내고 온 바람이 거칠게 나를 불어갑니다. 저 눈 시린 푸른 넋 앞에 나는 가랑잎처럼 떨어댑니다. 주춧돌을 놓듯 집게를 얹어놓았을 때, 날아가려는 이불을 꼭 쥔 저 집게는 빨랫줄의 옹이였습니다. 바람은 더없이 불어와서 지린내 나는 청춘의 이불을 펄럭펄럭 날릴 듯하지만, 옹이의 미간이 힘껏 모아져 있습니다. 나는 저를 바람에 풀어놓을 양 나무 한 그루로 선 채 눈에서 옹이를 떼어냈습니다.

저녁노을, 낮은 한숨으로 지는 그대

여름 한낮 구름의 얼굴
하늘 푸른 거울에서 하야말간 낯을 지우며
햇빛은 우리 사랑의 물기를 고양이처럼 핥는다
길 떠난 사랑 또한 오지 않고

먹을거리 가게의 처마 끝엔
웬일인지 여름 고드름이 무장 열리고
오지 않는 뜨거운 사랑을 견디며
고드름을 서서 따먹는다
꼬드득, 씹는 혀끝으로 내 사랑 부르리라

사랑은 지루하게 더디고
구불구불한 날들의 끝처럼
텅 마른 그대 날 저물 듯이 오리라
그대, 구름 같은 그대
하늘 푸른 거울에 낯 붉히며 비치는 구름이여
저녁노을, 낮은 한숨으로 피었다
지는 그대

황혼

너는, 새소리 울고 잎 흔들리는 숲

나는 그 숲 속으로 고요히 들어간다

잎잎이 방울방울 떨리는 새소리

네 모든 나무의 소리치는 가지를

한 번, 단 한 칼의 그리움으로 치기 위하여

나는 나를 베러 가야 한다

붉은 햇빛이 핏물처럼 흘러내리고

나의 속울음은 숯으로 타오른다

타는 강물로 나는, 너의 숲 속을 지나간다

나무둥치들에 눈물처럼 떨어지는 잎들……

제2부

물결

나는 태어난다
하르르 둥글게 태어나면서 내 몸은
앞으로 나아간다 이게 앞일 것인가 또다시
누가 태어나면서 내 뒤를 자꾸 부축한다 차르르
나는 살아 있다, 그 부추김으로 나는 흐른다
시간은 내 어깨의 굽이를 따라 미끄러진다
나는 밀리다가 미는 것으로 더불어 흔들린다
해가 제 빛으로 내 굽은 등을 말아 올리니
가슴 밑으로 물그늘이 주름져 퍼진다
순간 만들어지는 허공의 동굴, 나는 그 속에
얼굴을 묻는다 아주 재빨리
나는 앞으로 나아간다 바람이 잠시 방향을 바꾸어보
지만
허리가 더욱 깊게 유연해지며
소금 한 줌 입에 털어 넣고 나는 기울어진다
물매가 빠르다 물속으로 물고기들이 흐르고
이윽고 저 앞에 드러난 돌과 모래가 보인다
그리고 사람들……
내가 내야 할 거품이 인다 어깨를 몇 번 추스르고
나는 돌에 부딪히고 모래에 스민다

돌에 으깨진 몸이 한없이 흩어지고
모래의 발에 머리를 묻는다
뭍 것의 비린내, 화악 나는 모아지고
바다 밑으로 들어간다
자취 없이

나는 바다가 되었다

지옥

나는 서서히 물의 지옥으로 나아간다
이 캄캄한 공간은 넓고, 무한히 높고, 무한히 깊다, 무
한히
나는 이곳이 또 다른 지옥임을 안다, 물결치는
저 하늘 물고기자리도 반짝 헤엄치는 것일까
나는 물고기 밥에 가까이 놓여 있다,
나는 이 목을 결코 놓으면 안 되리라

새삼 저 땅에 대해 뭐라 말할 필요는 없다
두 발을 땅바닥에 대도 수치였으니
사람들은 제 몸속에 짐승을 꺼냈다 감추었다
때로 짐승 몸속에 사람이 깃들었다

나는 이곳이 또 다른 지옥임을 안다, 여기는 어딜까
내 입술로, 얼굴로 물결이 치고 간다
혀는 스며드는 소금기에 쓰디쓰다
무엇 하나 경계 지을 만한 것이 없다
전신이 소금으로 부푼다, 이건 창세 이전일까
나는 이 목을 놓으면 안 되리라

간밤에 나는 술에 조금 취했다
갑판에서 바람으로 취기를 씻는 도중
고수레로 바다에 뿌린 술이 덧붙여진 것인가,
바다는 스스로 너무 취해버렸으니, 갑자기 큰 파도가
나를 덮쳐버렸다, 그 커다란 물의 혀로!
저 땅에 대해 씹었던 슬픔과 함께……

저기 하늘의 물고기자리는 싱싱하게 빛난다
나는 덩어리의 몸으로 깨어난다
물의 깊이에 떨어지기 전에 나는 눈을 떴다
무언가 딱딱한 껍질 위에 나는 엎드려 있다
그것은 넘실거리는 물결을 헤쳐 움직인다
이 살아 있는 해물, 어떻게 내가
이 위에? 내 수중 고혼을 나르기 위함일까,
나는 이 목을 놓으면 안 되리라

갑판에서 내 의지는 삶을 다하는 게 아니었다
그 배의 난간에서 내 막막함은 바다로 변했었다
저 땅 사람들의 마음의 벽을 뚫기에 족한

이 막막함, 바다의 막막함, 바람은 흐름에 놓였다
여기선 시간의 흐름이 바람처럼 날아간다

무엇 하나 빛 한 방울조차 안 보인다
대체 이놈은 나를 어디로 끌고 가는 걸까
무서움…… 무서움뿐, 빛이라곤 이 딱딱함밖에 없다
거북이여, 너는 네 귀갑으로 나를 실어 나른다
나는 토끼띠, 너는 나를 원하는가? 나의
쓸개 없이 살아온 나날을 안단 말인가, 모른단 말인가
물결이 어깨를 친다, 죽음의 격려이리라
나는 네 목을 꼭 잡아야 한다
제발, 갈앉지 말아다오, 나는 쓸개 없이 살아왔다!

저 땅에서의 사랑이란, 한갓 물거품뿐이었다
나의 목은 가물었다 서사의 가뭄,
생수의 서정에 조금이라도 낭만 거품이 넘쳐흐르면
사실과 사실의 건배! 술잔의 깨진 이에서 게거품 나고
진실은 알코올에 휘발된다

우리는 거품 구렁의 늪에서야 유언처럼 입을 벌린다

아, 사랑을 하지 않는다면 시간의 거품,
그 거품이 파우더처럼 부풀어오르는 것을 참겠는가
그러나 거품으로 삶을 목욕하여 몸이 깨끗해진다
산뜻한 살비듬을 손톱으로 튕기며 중얼거리리
가상의 사랑이야말로 진실한 것이리라

하지만 거북이야, 네가 가라앉으면
참으로 나는 죽음의 거품을 내며 가라앉겠지
나는 네 목을 놓을 수 있다
(그러면 네가 가라앉는다는 것을 안다)
그렇지만 해가 승천하는 모습이라도,
이 깜깜함은 어찌하여 죽음을 몰아내는 것일까
이 어둠은 미친 듯이 나를 환하게 만든다
거북이여, 네 침묵의 헤엄은 믿을 만하다

내 벗어나리라, 이 땅, 모래의 사랑을
사질토로 피부 마사지하는 내륙인들이여
우리들 사랑은 또한 사포의 문질러댐이었다

거북이여, 어둠이 빛을 길어 올리나 보다

거북이여, 밤의 거대한 우물에 두레박 같은 해가 뜬다

수평선이 어두운 세상을 수평으로 가른다
그래, 수평인 세상이다! 저곳엔
어떤 세상이 있을까, 그 어떤 미지가?
가자, 거북아, 저 해가 승천하는 곳으로
어쩌면 내가 참으로 죽을 수 있는 곳으로

날이 밝는다, 세상이다
물 위로 땅이 솟아오른다
새 빛이다 거북아, 가자
나는 서서히 물의 지옥에서 벗어난다

모래밭에 고운 빛 송이가 피었다

바닷가에 누운……

나는 병원 침대에 누워 있다
눈을 뜬다, 희미하게 반죽된 얼굴들에서
엉겅퀴꽃들이 피는 모습들,

아 나의 가족,

나는 이러한 내 죽음을 도무지 받아들일 수 없다……

철갑 고래 뱃속에서

짐승이나 보트나 바위나, 이 괴물의
지극히 혼돈스러운 입 속에 들어온 것이면,
무엇이든지 당장 그의 불결한 목구멍으로
빠져 들어가 마침내 그의 뱃속, 바닥도
없는 심연 속으로 사라지고 만다.
——멜빌, 『모비 딕』에서

우리는 아침부터 뭔가 굶주린 사람들
아침부터 시간에 굶주린 사람들이지만,
출근 시간을 단숨에 채우기 위하여
우리는 포식한 고래 뱃속에 들어찬다
우리는 이 고래의 시간에 먹혀야 한다
새우등을 터뜨리는 부스러기 인생들인,
꾸르륵꾸르륵 이 철갑 고래 뱃속의 우리는
몸과 몸이 비벼지는 살의 숨을 들이쉬고
비명과 비명이 볶아지는 소리의 숨을 내쉬고
한숨들이 지져지는 피의 숨을 들이쉬고 내쉰다
그래도 이 단단한 철갑 고래 뱃속으로
더 많은 소화물들이 이들이들 들어온다

갑갑증에 한 물렁 아가씨가 질식사하고
육괴에 유리 위벽이 차창! 깨진다
이 위벽엔 한갓 해충이 씹혔을 뿐
시간을 질주하는 고래는 위통을 모른다
여자의, 왜 이러세용! 섬유질 피부는, 정말 미치겠,
비닐처럼, 이게? 찢어지고, 남자는, 씨앙,
와이셔츠가, 어머머! 부욱, 지옥이군, 찢어지고, 아악,
허리띠가, 저리 좀……, 끊어지고, 끄으응, 구두끈이,
도대체 이건, 터지고, 히으잇~, 팔과 다리가, ×,
가위다리 친다

우리의 아침은 이렇게 찢어지는 것
꾸르륵거리는 이 늘어진 고래 뱃속에서
무신론적 광신도가 한탄한다
사는 것보다 죽는 것이 내게 나음이니이다*
헐떡이는 뱃속에서 고래의 숨통 밖으로
분수처럼 내뱉어져 토해진 우리는
플랑크톤으로 부유하며
각자의 암초인 관공서와 공장과 학교로
괴롬즐거운 생활의 혀를 풀어낸다

자정 지나 苦海發 인천행 큰고래는
펄떡, 수로 이탈해 인천을 뛰어넘어
연안 부두의 선박과 한판 씨름하고
월미도 바다의 달 기둥 따라 교교히
달빛 꼬리와 희번덕희번덕 희롱하다
희붐한 새벽, 송도 바닷가에 배를 드러낸 채
가슴에 ?모양의 갈퀴로 긁혀 있다
죽은 고래, 그것은 의문의 삶이다

* 「요나」 4장 3절.

청어의 노래

　　　魚　　　　魚
　　　魚　　　　魚
魚魚魚魚魚魚魚魚魚魚魚魚
　　　魚　　　　魚
　　　魚　　　　魚
魚魚魚魚魚魚魚魚魚魚魚魚
　　　魚　　　　魚
　　　魚　　　　魚

자해 : 물고기우물 정

물고기우물에 생수를 붓는다
청어 한 마리, 폴짝 뛰논다
아 상쾌해 공기 맑고
파문 또한 건듯 부니
내 부레 가벼워 기구처럼 뛰누나
나의 우주이자 이 세상인 물 밖으로,
아, 마구 뛰쳐나갈 것 같아!
저 세상 인간세계라는데 이 같을까?
몸 숨길 데 없는 이곳 천국이로다

물고기우물에 탁수를 붓는다

미꾸라지 대엿 마리, 펄쩍 뛰논다
흐려졌군, 잡것들이 판치는 세상,
이 푸른 물의 스타일 구겨졌으니
청절 우거진 청산에 살고지고
청솔가지에 매달려 목어 될거나
청어는 심연에 가라앉는다

물고기우물에 석탄산을 퍼붓는다
캄캄하군, 밤낮없이 캄캄하군
칼칼칼 검은 물의 신음 소리,
인간의 공장에서 만든 울음,
물 세상의 끝일런가 끝일런가
나, 청어는 익사의 위기에 처했으니
만물의 主인 인간의 손길이여
내 푸른 난바다는 어디에 있는가?
나의 실향을 풀어주오

물고기우물에 烏飛 맥주를 퍼붓는다
시커먼 물인들 어떠리 푸른 물인들 어떠리
이 한세상 취한다면, 그 어떤 물인들 어떠리

한강수 위에 까마귀 난들 그 또한 어떠리
―到黃海하면, 맥주 빛 똥물 내에 취할 것을

아희야, 청어 죽거들랑 고양이떼 불러 오라
물고기우물 앞에 헛제사 드려야지
헛젯밥 또한 우물 진미리니

나의 그리움은 어디에 있는가*

봄/여름 남성복 패션 경향 —— UP DATE

■ FINESSE

· 에크류와 뉴트럴톤이 강한 색상과 조화되어 부드러운 컬러 하모니로써 보다 릴렉스되고 인포멀한 분위기.

■ FORM

· 드라마틱하면서도 단순한 단색의 콤비네이션. 침착한 다크, 블랙에 소프트한 페일, 리치한 다크 색상으로 액센트.

■ FUNCTION

· 밝고 스포티한 색상과 다크 색상, 뉴트럴 색상이 대조.

잭 니클라우스

세기의 골퍼, 그 명예를 입는다.

골프 웨어의 정상 —— 잭 니클라우스

금세기 최고 골퍼의 명예를 입는다.

잭 니클라우스의 신화를 입는다.

진정, 골프를 사랑하는 분께 바친다 —— 엘로드

미국 코튼 마크와 함께

새로운 코튼의 세계를 펼치겠습니다.

소비자, 생산업체에게 유익한 미국 코튼 마크!
미국 코튼 마크가 펼치는 놀라운 세계를 경험해보십시오!

하나하나 소중하게

아무리 사소한 경우라도, 어떤 장소에서라도

특/별/한/남/자
느/낌/으/로
만/족/한/다
피/에/르/가/르/뎅
신/사/복

나의 그리움은 어디에 있는가
옅게 드리워진 기억 어디쯤에서
수줍게 움트고 있지는 않는가.
잊혀진 나의 그리움을 향해 가는
추억의 개성 수첩──마쉐리

반도패션

“
자유를 입는다
이탈리안 감각을 입는다
”

── 파르덴자

신비를 간직한 세계 7대 不可思議 중의 하나인
만리장성.
지금 프로-스펙스를 신은 많은 사람들이
그 위를 걷고 있습니다.

여덟번째 不可思議, 프로-스펙스

환히 밝히세요

自 然 纖 維

“카멜레온처럼 색상이 변하는
살아 있는 섬유 ── 훼네타”
온도가 변하면 색상도 변하는 카멜레온 섬유, 훼네타──

양피보다 부드러운 인조 세무
TOPLINA® ROYAL

우리 시대 최고의 승용차, BMW를 타는 사람 —
그는 남다른 사람의 기준을 가지고 있다.

· 사-쏘의 패션 메세지는 네오 클래식, 로맨틱, 모던.
순수 여인의 감성 표현이 캐치프레이즈다.

경인은
나비가 가진
불가사의한 미래의 색깔을
계속 창조해

급변하는 패션 시대 무엇이 필요하십니까?

……! 축적된 Know-How로써
귀사에 많은 협조 드리겠습니다.

현대의 얼굴

지금 프로-스펙스를 신은 양피보다 부드러운
우리 시대 최고 승용차, 만리장성과 함께
아무리 사소한 경우라도, 남/자
느/낌/으/로 잊혀진 나의 그리움을 향해 가는
옅게 드리워진 기억 어디쯤에서
드라마틱하면서도 단순한 콤비네이션
보다 릴렉스되고 인포멀한 분위기
수줍게 움트고 있지는 않은가
소프트한 추억의 신비를 간직한
리치한 액센트 이탈리안 감각을 입는다
환히 밝히세요 순수 여인의 감성 표현
나비가 가진 컬러 하모니로써
침착한 다크, 카멜레온처럼
남다른 삶의 기준을 계속 창조해
네오 클래식, 로맨틱, 모던 라이프를 완성한다
특/별/한 많은 사람들
自 然 위를 걷고 있습니다

현대Ⓐ, 남자의
향기, 김두한, 野人의
애니콜, 김희선, 샤넬, 싸이, 샤브
♬컨츄리꼬꼬, EVERLAND,
FRIDAY'S, 북한강, 리버사이드에복숭아꽃피는
클럽♨lovehotel, 津桃戲,
젖과꿀이흐르는에덴의흰草場, 베드, 大麻草香, 구름
위산책, 月光뉴소나타에서 춘몽을 사정하다, 한바탕!

```
........                    ........
  eyebrow                eyebrow
귀  目        코        目  耳
R           코코코           R
          mustache
            口
```

* 『섬유저널』, 8월호.

경동시장

한약 상가
골목길 돌아, 돌아서자, 돌아서자마자
앞발 쳐든 커다란 검은 짐승!
그러나 그것은 놀랄 일이 아니다
점원은 박제된 흑곰 옆에서
약재를 굽거나 썰기만 할 뿐
과세된 일용의 시간을 굽거나 썰기만 할 뿐
흑곰의 날카로운 이빨과 발톱은
생을 잃고 야수만 남긴 채
검은 가죽 털의 한끝에 매달려 있다

골목길 돌아, 돌아서자, 지난밤
참이슬 흐르던 혀의 계곡은 마르고 말라
코카콜라, 검은 물이여 너를 마신다
헛바닥은 더욱 거북 등처럼 갈라지고
거북은 해변의 모래에 알 낳고 돌아가는데
바다상회 고무 자배기에 거북 새끼 거북거북거북

가자, 너는
출렁이는 저자의 하룻밤 여인숙에서

일회용 칫솔에 치욕을 발라 썩은 이를 닦고
그곳으로 입주한 늙은 부부의 쭈그렁 입에서
침처럼 튀어나온 너는
가자, 오후의 아침밥을 먹으러 가자

한의원의 소파에는
나 한가해요, 부인들의 꼰 허벅지에
탐욕의 꽃 침 찍히고
원장님의 귀밑머리엔 동백기름 흐른다

"먹으러 갈까?"
골목 동물 상점엔 약용 고양이 새끼
야옹, 빨간 혀가 울고
"먹으러 갈까?"
꽁보리밥집에 떨어진 꽁보리 밥상, 지네를 곱게 갈아
드립니다
"먹으러 갈까?"
뱀이 알코올에 녹는다 허물도 녹으면서
뱀의 꿈에 눈이 내린다, 따뜻한 눈 밑
가자, 오후를 역행하여 아침으로 가자

아침으로 갔었었다, 5호실 방이었다, 푸른 팬티로
갈아입는다, 너는, 말할 것이다
"뱀을 사랑했어요 그래요
 뱀을 사랑해요 하지만
 피도 눈물도 없는 당신을 꼭 사랑할 거란 말이에요!"

너는 알리라
이렇게 윈도우 없이 전시된 쇼, 돼지머리들
넋이로다 넋이야 흉몽이로다
생사의 윤회를 넘어 깨끗하게 정화된 돼지 얼굴
산 입으로 웃고 있다, 사랑이로다
너는 알리라
소름 돋은 닭고기가 갈고리에 매달려 있다
새벽닭의 울음소리로 퍼지는 장꾼들의 푸드득거림이여

마른다 나는 마른다 누룽지처럼 나는 마른다
짖어대는 시간의 젖은 입에
나의 마른 살점이 서서히 뜯기는 것을
무심의 법으로 흐르는 시간은
저마다의 순간으로 알리라,

알고도 모르리라

거북과 뱀, 개와 흑염소, 닭과 고양이, 지네와 두꺼비는
약재들과 함께 서로의 살을 뒤섞는다
사후 세계의 이 인간 연옥에 떨어진 食物들
인간의 똥과 오줌으로 환생할 物들

너와 나의 식욕 후에 우리는 어디로 갈 것인가?
가자, 움직이는 너는 가자
집쥐처럼 파고든 PC방의 주인은
전자 음향의 대향연에 구더기처럼 꿈틀거릴 뿐
권태의 전자를 방사한다
시간을 좀먹기 위해 시간을 파먹기 위해
입으로 피우는 구름
구름으로 단단히 구운 벽돌, 움직이는 벽돌,
바벨컴, 방언!

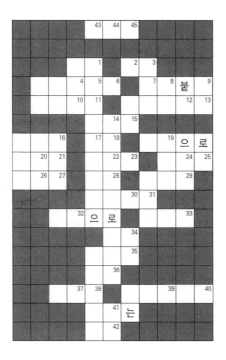

1. 소립자의 하나. 물질의 기본적 구성 단위로서 개념이 확립되었음. 기호 : e.

2. 번쩍이는 것.

3. 말을 할 때 뜸을 들이는 것.

4. 등불에 모여드는 곤충.

5. 아내.

6. 당밀 또는 사탕수수의 찌끼에 물을 부어 발효시켜서 만드는 증류수. 서인도제도의 특산으로 자메이카 섬의 킹스턴이 가장 유명함.

7. 지구의 위성.

8. 이집트 신의 최고 신인 태양신. 광명·생명·정의의 지배자이며, 배를 타고 天界·冥界를 왕래한다고 함. 독수리의 머리 위에 태양을 나타내는 球와 왕자의 상징인 뱀을 올린 모양으로 나타냄. 또는, 서양 음계의 여섯번째.

9. 가벼운 놀라움을 나타내는 소리.

10. 조종사가 비행기를 조종하게 된 막대기.

11. 여자 나이 16세. →23으로.

12. 버튼.

13. 길. ~ad.

14. 눈이 부시도록 찬란함.

15. 장기의 궁의 하나. ↔ 楚.

16. 꽁지가 오색 부채처럼 찬란한 색을 띤 새.

17. ~ 좋은 개살구.

18. 글자나 글의 뜻.

19. 남을 향응하는 잔치.

20. 사람을 죽임.

21. 二八靑春. →23으로.

22. 가리지 않고 함부로 많이 마심.

23. 八과 八의 합자. 오이.

24. 한 번 들어가면 쉽게 빠져 나올 수 없게 되어 있는 곳.

25. 느낌표.

26. 살아가기 위한 방도.

27. 乙.

28. (놀이에서) 보물 ~.

29. 건배할 때 대상 없이 무목적적으로 외치는 말.

30. 백통으로 만든 돈.

31. 쉼표.

32. 한 번 빠지면 사정없이 들어가는, 진흙이나 개흙이 괸 곳.

33. 물·구덩이 따위로 떨어져 들어가다.

34. 지퍼의 비표준어.

35. 주색 또는 못된 곳에 마음을 빼앗기다.

36. 무선 호출기의 속칭.

37. 속이 텅 빔.

38. 접두사로, 크다는 뜻.

39. 두개를 이룬 뼈.

40. 사냥에서 돌아온 뒤 허기를 참지 못하여 쌍둥이 동생인 야곱에게 팥죽 한 그릇에 장자의 명분을 팔아넘긴 성경의 인물.

41. woolly.

42. 발음 기관에서 나는 것.

43. 비웃는 태도로 입술을 비죽 내미는 소리.

44. 문학의 한 갈래.

45. 여러 사람에게 널리 알리기 위하여 길거리에 써 붙이는 글.

바벨컴, 방언의 홍수를 밤새 지나
문학 소녀는 충혈된 눈으로
말랑한 가슴을 내민다,
젖가슴에 피는 선인장 가시!

부동산 거래소의 지도 위에서
배에 박을 품은 부인들은 치솟은 성기처럼
땅의 융기를 손에 거머쥐고
대박을 터뜨린다

오늘도 실업 수당을 가랑잎처럼 떨어뜨린 한 시인은
文學社 입사 서류를 쓴다

자기 소개서

　나는 바위, 그러나 누군가 한번
　굴러라, 참깨! 하면
　민들레 꽃씨처럼 마구 흩어지는
　나는 바위

　나는 가루, 그러나 누군가 한번

갈구듯 물 반죽하면
침묵으로 세멘 공구리 치는
나는 가루

취미: 딱딱한 세상의 한끝을 얼룩강아지처럼 물어뜯기
특기: 그러면서 강아지처럼 빌어먹기
대인 관계: 원만한 사각형으로
화술은 구화

한약 상가
골목길 돌아, 돌아서자, 돌아서자마자
앞발 쳐든 커다란 검은 짐승, 짐승!
흑곰이다! 그것은 놀랄 일이다
박제된 검은 곰의 으르렁으르렁
짧고도 긴 저 검은 정자는 빛난다!
사물과 사람의 모든 욕망의 굉음을 삼켜버린 듯
야생의 정력 도시에 간판처럼 세워진
저 몸짓과 소리는 신화적인 박제임에 틀림없다
이 굴헝의 약재상에서 대명천지의 인간세계로

썩는다 장터에 썩는다 쑥이 썩는다
썩는다 장터에 썩는다 마늘이 썩는다

비나이다 비나이다 비나이다

안개 인간

안개 시정 거리 0킬로미터
썩은 도시의 분뇨로 안개가 드리워졌다
안개는 거대한 동물, 시야를 맘껏 포식하고 있다
나의 눈은 아귀 같은 허기
데-엥-그-르-르-러-렁
교회당 종소리가 안개의 위장 속에서 소화되어 들려
온다
나는 안개 위장 속에 갇혀
비명 없이 소화되고 있었지만
나의 질기디질긴 독소의 근육으로
안개의 주둥이 밖에 내뱉어졌을 때
분쇄된 백골이 안개화된 내 피부에 흔적을 남겼다
분말 같은 내가 숨을 쉬면 그것은 안개였다
누구든지 내가 누구인지 알지는 못하리라

제3부

세월의 독화살

나는, 멀리 시간을 구르는 그대를 떠나왔건만
어리석구나 나여, 그 무엇을 기다리는 나는
그렇구나 나여, 그 누구를 기다리는 나는
이렇게 홀몸으로 마음껏 가득 찼는데
마음아, 채워야 할 무엇이 또 남았는가
나는 내 안에 그대를 모두 채워 넣었다
그런데 내 옆에는 부스럭거리는 삭정이처럼
한숨의 폭풍에 너덜너덜한 팔만 매달릴 뿐
시간의 바람이 나를 툭 부러뜨리고 지나간다
내 안에 그대를 모두 채워 떠나왔건만
어찌하여 나는 몸을 잃어버렸단 말인가
시간을 구르는 그대, 그대를 굴리는 시간 앞에서
이미 나는 세월의 독화살을 맞았나 보다

때

　우람한 사내 때를 내어주는 자세가 누드 모델 같다 이
곳은 어차피 누드의 세계 때는 춘화의 냇물로 흐른다 때
밀이는 남성의 곡선을 어루만진다 저 때들은 어디에서
묻어온 것일까 엎드린 저 몸은 고해성사인가 온갖 물욕
과 성욕이 지배한 때를 때밀이 사제에게 바치는 품이 거
룩하다 저의 대머리 또한 누드여서 이 세상 맨정신으로
꽃피우며 살아갈 수 없었으니 저의 머리에 찬물 한 바가
지 끼얹고 끼얹을 뿐이로다 때밀이는 그의 인체를 새로
완성하듯 물의 지혜로 다스려진 손가락으로 다시 한 몸
을 빚어낸다 그는 거룩하다 그러나 목욕탕에서 이물질
적인 때는 자연의 한 덤으로서 죄의 세계와 떨어져 있으
니 그는 여전한 그일 뿐이고 때밀이의 이태리 타월이 보
이지 않게 마모됐을 뿐 김 서린 얼굴로 그는 즐거운 때
의 세계로 나아간다

빗물 자루

그대 집의 기와지붕이
거대한 빗물 자루로 쓸린다
천둥소리로 만들어진 빗물 자루는
피 본 싸움소처럼 미치고
거대한 빗물 자루는 폭풍에
저들 자루끼리 치고 날린다
거대한 공중 투우!
지붕과 하수도와 땅바닥은
받아내기에 안간힘 쓴다
雨天은 알리라
이들에게 성내는 것일까?
거대한 비는 거대한 비끼리
싸움을 감쌈으로 남긴다
온몸이 힘과 빠르기로 온통!
지붕은 견디기 힘들어 하는
쓸리는 싸움터로 남는다
그 싸움터는 우리 것이다

장마전선

봉분의 풀처럼 자란 하늘의 잿빛 풀 더미여
그 밑에서 우리는 반공중의 묘혈에 산 채로 입관된 듯
싶다
눈을 감아라 모두들 눈을 감아라
물처럼 끓어오르는 나의 담배 연기는 분향의 징후다
나의 껍질은 이렇게 끈적끈적할 수가 없구나
나의 모든 피부는 죽음의 꿀물로 발려 있다
오오 이 세상을 뛰쳐나가 이 세상을 뛰쳐나가!
저 반공중에 자라난 잿빛 공중 풀들을
도굴범처럼 떼 뜨듯 떠내어
지상의 숨통을, 나의 한숨을 터 쉬고 싶구나
천상의 첨병, 장마전선 앞에서
그 두꺼운 죽음의 사자, 공중 풀 더미 밑에서
풀뿌리인 비가 전속력의 가속도로 수직 강하하면
총알받이인 우리는 제출물로 무덤을 팔 뿐이다
이런 때, 나의 괴로운 연인이여
나는 사랑하는 마음으로 나의 온갖 기우제를
그대에게 행하려 드는 마음뿐이다

말-똥구리, 이슬

우르르르 광 궁 우르르르릉
너희들이여 오늘은 좀 쉬거라
머리에 부어지는 서늘하고 뜨듯한 비를 맞아
열에 받힌 머리를 오늘은 식히거라
오늘은 총탄처럼 날아다니는 돌도
입속에 넣은 얼음 조각처럼 반들반들해지거라
화르르 불의 날름날름거리는 혓바닥이
끈적이는 검은 도로에서 길길이 날뛰는 화마도
고온 다습한 여름철 비로 적셔보거라
쏴아아아아—
무엇이든 씻겨 내려가는 소리 들리지 않느냐

빗물, 빗물에 눕는 풀
물의 기름이라도 짜내듯
풀의 배가 임신하여
이슬방울 풋풋하게 피어나니
구슬 굴리듯 오늘은 그것들을 굴려보거라
그러니 말 혀가 싸는 말-똥도 둥굴게 뒹굴어
마음 밭에 파묻는
말-똥구리, 이슬이거라

찰싹!

순간, 나는 무얼 보았던가?
바로, 눈동자의 상승?
밝은 한밤의 어두운 위장 속으로
잘근잘근 씹혀 들어가는
나의 눈 두 알

별똥을 누는 하늘의 항문
아하 이 밤하늘은 정낭이기도 하구나

끙, 끙, 끙, 끄으응
경포대 공중 변소에서
낯모르는 아가씨는
아직 엉덩이가 몹시도 무거워
찰싹, 찰싹, 찰싹 파도야
찰싹! 아가씨의 볼기를
좀 시원하게 칠 수는 없겠는지?
찰싹 철썩 찰싹 철퍼덕
끙, 파도야

독지리, 서해 갯벌

바다에 아침, 수평선이 보이지 않는다
사라진 수평선에 걸린 섬 두 개의 벗은 몸
뻘 바다로 어민증을 보이고 철조망
안으로 들어간다 망대에선 병사의 유행가 소리
끼룩 끼이 끼이룩 들렸다 맛조개 캐는 아낙들
점심 거르고 허리가 낫으로 그어졌다
뻘은 적막한데 허리 풀고 돌아서자
흰 머리띠 두르고 오는 수평선의 뱃전
밀물에 우리는 뭍으로 밀려들었다 해안 통제
속으로 철조망 문이 잠기고 바닷물이
소나무 숲 속에서 불어왔다 물끝 바람이여
손으로 갠 망망한 검은 반죽 사막, 뻘밭
삼키며 들어오는 바다의 거품 해안 기슭에
놀고 있는 목선이 이내 출렁인다
바다는 거대한 들날숨, 젊은 애비, 나도
저리 숨어 지워졌다가 생명의 뻘을 갈아엎는
애비가, 아아, 되고…… 싶어라!

바다

내 이웃에 바다가 있다
이웃 찾아가듯 바다 앞에 나서면
사람들 사이에 꼬물꼬물 기어다니는 좀벌레 같은 마
음은
더욱 작은 피라미 되어 바다로 뿔뿔이 헤엄쳐 간다
자취 없이 그것들은 바다 깊숙이 빠져나가버린다
낚시꾼들은 제 욕망의 낚싯대로 물건을 낚는다
제 마음을 낚는다고?
바다로 헤엄쳐 나간 빈 마음 자리여
나는 낚을 그 무엇이 없다
그렇게 삶의 낚싯바늘에 친친 감긴 아가리들이여
바다를, 바닷가에서 바라보면, 바다는
그물처럼 얽힌 마음인 나를 수평선으로 이끈다,
잔잔한 출렁임인 수평인 마음으로……
넓—게

백마역

노을이 사내들의 얼굴에서 먼저 피었다 지고
논이 탔다

백마가 차창에 쓰러져 있다,
발정에

나는 벌레처럼 썩은 사과 속으로 들어갔다

빛도 어둠도 아닌, 사랑

나는 아내에게 저어 나간다,
아내는 바다에 떠 있다, 그 얼굴은
온갖 비바람의 낯빛으로 가득 차 있다
그에게 다가가는 나의 손짓과 발짓, 몸짓에는
무슨 꿀 같은 사랑의 파도가 넘실거린다
난바다 한가운데에서 아내는
햇빛 한 줌을 기다리는 것일까,
아니다, 아내는 저에게 움직이는 내 몸짓이
 햇빛임을 안다, 그런 비침 속에 떠오르는 푸른 어둠을
알까, 아내는

아내는 내게 저어 온다
나는 바다에 떠 있다, 나의 얼굴은
가득한 해무에 찰싹 젖어 있다
내게로 다가오는 그의 손짓과 발짓, 몸짓에는
사랑의 들뜸과 미침의 파도가 넘쳐흐른다
난바다 한가운데에서 람바다 춤 같은 아내는
사랑의 해저에 곤두박질치려는 것일까,
그렇다, 내게 흔들어대는 아내의 저 손짓은
사랑의 캄캄한 밑바닥으로 가라앉으려는

어둠임을 안다, 나는, 그런 깜깜함 속에 떠오르는 푸
른빛을 알까, 나는

바다 한가운데에서 사랑의 물결은 넘치고 들끓으며
서로서로 몸을 뒤섞는다, 그 뒤섞임 속에 바다는
제 몸을 가둔다, 그 어디를 헤엄쳐 가나, 사랑
빛도 어둠도 아닌, 사랑

용문사 가는 길

화물차에 편승해 내린 용문역 부근
허드레 가방 들고 들어선 龍門,
문 없이 열린 길
용문사 8킬로미터 부근에 얼비치는 석양빛에
편승해 날개 치던 백로
초록 바다 논에 활주한다
이 길에 아무 걷는 이 없이
모든 차들이 속도에 내맡긴다
멀리서 우편배달부는 한 소식 왔다
목장 길로 경적 울려 들어가고
산자락 그늘로 꼴짐 지게 노인이
구름처럼 사라진다
바랑 진 중조차 봉고차에 편승해 하산하는데
산사 가는 길, 이 가방은 귀하지 않다
발바닥은 아직 괜찮으니
사과나무 밭에 사과가 열려 있다
내 무엇을 열려 하길래
이리도 도로의 나무처럼 걸어가는가
사과나무에 사과가 열려 있다

용문사 입구 드넓게 텅 빈 주차장
내가 먼저 아득히 허해진다
아뿔싸, 이 주차장을 뛰어넘어야
어쩐지 저 절로 들어갈 텐데,
주차장 홍등에 불이 들어오고
나는, 용문사를 남기고 떠난다
이리로 오는 걸음 탁발 행로에
이미 절 서너 바퀴 돌고
도로 돈 것일까,
道路아미타불!

그날, 문산

새벽 3시, 남녀 대학생 무리들
통일로로 행군하는
달빛 받은 나무처럼
걸어가고

색시집으로
일박하러 가는 네 눈의
가랑이가 벌어진다

汝山의 문 자
물수 변에는 대원군이 칼로 내친
목피 냄새, 가뭇없이

서울의 공동묘지, 파주군은
"죽은 이들이 사는
 幽宅인 陰宅 묘지 수가
 살아 있는 사람들이 사는
 주택[陽宅] 수보다
 자그마치 5배를 웃돈다"*

돌아오는 기차 창밖
붉은 햇덩이 잦아드는 들녘 너머
산 산 산
산이

안개로 얼룩져 있다
幽宅처럼 보이는 희미한 가옥들 사이로
군민들이 나타났다
지워진다 기차 속도에
지워진다

* 파주군 향토문화예술지 「文郷」 제2호.

불국사 관람

날 저물려 할 제 서늘한 봄바람
불전의 아가씨 신도들은 저마다
정토의 흙 마당에 예불하듯
∞ 모양으로 물결치듯
천 천 히 싸리 빗질한다
고요히 넘실대는 마당,
서성이는 내 마음결 정좌하듯 파문 진다
사리탑에 얼룩처럼 던져진 십 원짜리 금화 무리
불전의 아가씨 신도가
이삭 줍듯 하나하나 걷어 구제한다
날 저물려 할 제 서늘한 봄바람
대나무가 댓잎 데리고 제 숲으로 들어간다
젊은 중의 희사함 터는 소리
좌르르르 흐르는
물터 물을 조막 바가지에 털어 마신다
구름 잠시 환하고 댓잎 끝이 가늘어진다
이리저리 관람객 출입금지 푯말
저곳이 참말 불국이리라
불국, 불국
NO. 859935 불국사 지참용 관람권을

주머니 속에 꾸깃꾸깃 구기면서
푯말을 타고 파계승처럼 관람객을 지우면서
대숲으로 들어간다

송도*의 아침 식사 후

햇빛 그물이 송도 아침 바다 위로 뿌려져 있다
파도는 지친 듯 스르르 몸을 푼다
밤새 떠밀려 온 바다풀이 잔해 같다
포철 굴뚝은 은회색 구름으로 콩코드를 제작 중
(그것은 우연한 꼴이지만 포철답다)
라면이 끓는다, 라면처럼 끓는 허기 앞에서
코펠 냄비만 한 대지,
라면 국물 같은 바다,
코펠 뚜껑만 한 하늘!
내 마음의 젓가락은 무엇을 집으려 했던가
여기에서
내 마음의 위장은 무엇을 담으려 했던가
바다 바다 앞에서
시곗줄이 풀어지고
몸을 벗고, 천천히, 걸어 들어간다

바다 속에서도 바다는
바다가…… 바다를 말하는 거대한 침묵
어류의 지느러미가 바다를 흔들 뿐
나는 알아듣기 힘든 사투리로 헤엄칠 뿐이다

빛의 그물에 잡히지 않는 침묵의 눈을 피해
도떼기언어의 沙場으로 달아날 뿐이다

* 포항의 해수욕장.

숨길

슬레이트 집 앞에 빈 들,
하늘은 낮게 가깝고
겨울 가도록 베지 않은 벼,
쭉정이 벼들은 낮술 긇아 잠든 아들처럼
쿨쿨 찬바람에 긇는다
슬레이트 담벼락엔 알몸인 연탄 더미
깨어진 채, 속병 난 듯 시커먼 속살이 너덜너덜하다
고라터 빈 하늘에 날아오르는 까치떼처럼
문을 두드리는 예수의 여인들은
말들이 통하지 않는 이 빈 터에
옷깃에 묻은 하늘의 말씀을 털며 지나간다
빈 들에 떨어진 말들이
그 비어 있음에 오래 귀를 기울여
묶인 개들의 서로 주고받는 짖음을 엿듣는다
개소리도 빈 소리임을 알고 나서
어찌할 수 없이 저녁답 굴뚝으로
아낙들은 제 숨을 불어넣는다
후후, 쭉정이 같은 입김으로
그렇게 숨어 있음을 들키기라도 하듯

제4부

피로 1

　피로하다 편지는 날개를 가진 것이다 피로하다 우체
통의 표면은 혈색이 왕성하다 피로하다 우편배달부의
행보는 이 집 저 집의 심장과 가계를 건드린다 피로하다
날개 퍼덕이는 편지를 모두 제 가정의 둥지에 틀고 우편
행낭의 무게는 점점 가벼워진다 피로하다 나는 어쩐지
심히 피로하다 행낭은 날개를 다 털어버리고 텅텅 비워
서 온갖 생활의 무게를 날린 듯 날개보다 더 가볍다 나
는 이다지도 피로할까 편지와 우체통 우편배달부와 행
낭을 절벽 바라보듯 나의 전신은 무조건 나의 발바닥으
로 추락한다 피로하다 피로하다 필요하다 언제나 그것
은 나에게 필요한 것인지도 모른다

피로 2

화상처럼 피로 5도다

　지극한 피로의 신경 조직체 우두머리는 치열한 무관심, 이 보스의 졸개들 신경 감각은 그러나 섭씨 100도처럼 들끓는다

　정남식씨… 하고 누가 나를 거머리처럼 정나미 있게 부른다 해도

　징, 징, 지이이잉 나아무 나암 시, 식, 시시식 씩—

하고 나의 동원된 청각 신경부는 들어준다

　나의 동원된 시각 신경부는 투시한다

　한강 철교로 자정을 향하여 달리는 지하철에 선 나는 밤의 필름으로 펼쳐진 유리창에 음화된 자화상을 석상처럼 쳐다본다 저건 63時의 피로다 검은 바둑판에 얹힌 흰돌의 절선처럼 이리저리 켜진 63빌딩의 창들은 열화 같은 일과 놀이에 미친 시간의 불나방들이 타들어가 자국을 남긴 불야성의 입면도로 서 있다

　정오 근처의 햇살 아래 경동시장 버스 정거장에 서서 나는 취나물 내음에 취한다 O번 암버스가 구른다 구름

위로 O번 숫버스가 암수한몸처럼 올라탄다 8, 8은 또 굴러 88… O, 88버스가 청량리로 향한다 나의 동원된 후각 신경부는 타 부서까지 교란시킨다

　이러면 이때 땡땡한 태양 아래 감로 같은 참이슬 방울들을 코밑에 시든 꽃잎 열치고 침 마른 혀의 꽃술에 뿌리면 管狀의 목줄기로 흘러들어 나의 검은 뿌리털은 늘어진 무말랭이를 쳐들고 성욕이라도 일으킬 것인가? 일으킨다 일으키리라

　피로 피로 피로 피로는 진정 피로 만들어진 것인가

　화상처럼 피로 5도다
　지극한 피로의 신경 조직체 우두머리는 치열한 무관심, 그러나 이 보스의 졸개들 신경 감각은 섭씨 100도처럼 들끓는다

조산부인과

현관, 공중전화기

잔량 50근의 철편 전화 음식물을 입에 넣은 채 체한 것처럼 소화하지 못한 공중전화기의 얹힌 송수화기가 수혈 환자처럼 모로 모로 누워 있다 남은 50근의 전화를 누구의 입과 귀로 나에게 마저 소화시켜주오 하는 표정으로, 남은 50근의 피를 마저 공급해주오(위독하진 않지만) 하는 몸짓으로⋯ 태연을 가장한, 은전과 동전의 기성 태아를 가득 품었을, 결국 개복 수술 收錢醫의 손에서 기성품으로 분만할 저 철의 산모(사람 사는 이야기를 분초에 맞게 사들이되 收入된 이야기가 완전 부재된 동전창고, 쇠통, 먹통) 여전히 50이라는 붉은 숫자는 누군가에 의해 지워지지 않고 있다

접수 창구, 원형 시계

접수 창구 원형 시계의 분침이 9자를 가리키고 있다, 45분. 12시. 식후다. 休──, 休──

대기실

어항에서⋯ 물소리가⋯ 난다 어항에서 물소리가⋯

漁港에서 물소리, 風波에 달의 닻이 수심 깊이 삽입되는 소리, 출렁 출러렁… 물고기 눈이 뒤집힌다… 탁자 위엔 잡지 『太白』이 『新婦』를 덮치고 『生活 간호』가 옆으로 떨어져 광고 몇 쪽이 떨어져나가 있다, 아기의 장난, 까르르륵, 솟아오르는 아기! 압살, 물소리

다시, 접수 창구

아기를 살려주세요 아기가 설화처럼 뱃속에서 살고 있나 봐요 아기를 죽여주세요 생의 씨를 긁어내주세요 아기를 살리고 지우는 것도 다 지우려고 면죄부를 발부하는 간호원

수술실

시선, 출입 금지(마취 주사에 당신은 설탕처럼 녹아드는 의식으로 空의 늪에 빠진다 아늑하다 악 아늑하다 수술대 위에 쳐들린 당신의 하부 자궁은 인간의 씨앗을 진공으로 해체시키는 그 파산에 진저리 치고 당신의 벌어진 상부 자궁은 멍하니 아악 허공을 악… 들이마시고… 길길이… 마신다 찰싹, 간호원의 질책 어린 손바닥 태형)

다시, 대기실

떨어진 공기의 높은 수압에 북어처럼 난타당한 남자들은 난파하라 난파하라 어뢰에 맞은 것처럼 침묵의 고환을 터뜨려라 말의 임포에 걸린 남성들… 씹는 소리, 시간을 씹는 소리… 한 청년의, 입의 수음, 껌 씹는 소리

회복실

쑥밭인 내 몸 남편의 부재보다 더 앞서는 남자의 부재 앞에서 당신은 회복되지 않는 면죄의 통증에 신음한다 아아 쑥밭인 내 몸

다시, 접수 창구

4:44, 원형 시계 안 시간의 존재
당신의 인체 안 시간의 존재, 死時 死死分 死死死死
── 死亡遊戱

다시, 현관

공중전화기의 귀는 이제 귀걸이에 걸려 있다 당신은

전화기의 귀를 떼어내 당신의 귀에 댄다… 떼냈어요…
전화기의 귀를 당신의 귀에서 떼낸다 공중전화기의 귀
는 듣지 않고 숫자판의 혈압은 0 뛰이이 ──그 귀의 이
명, 헐떡임 공중전화기의 입은 公衆膣처럼 벌어져 있다

　이야기 부재의 공중전화기 뱃속은 낡은 신생아를 임
신할 뿐, 당신은 두렵다 그 앞에서

빳빳한 부인에 의해 구겨진
남자의 자화상

　나의 구겨진 바지가 부인의 예의 갖춘 눈살을 구긴 모양이다!

　대뇌 회로에 얼마나 심한 갈림길이 꾸불꾸불 나다니면 저 엉킨 검은 실꾸리를 머리에 이고 다닐까

　게으르기 짝 없는 시선이 브레이크 파열을 일으킨 저 한쪽 눈의 바퀴는 왜 좌석권 내의 궤도를 탈선하나 유전은 아닌지

　저 얼굴 아래에 지렁이가 꼬물꼬물 기어다니는 대화는 가운뎃다리 실고추가 그리는 상승 포물선을 의심케 하네

　잠수하듯 침하하는 저 어깨는 음모의 겨드랑이를 고양이 발톱처럼 감추려드는 걸까 자기 위를 뛰듯 날아가려고? 이미 무익조는 아니었을까

　얼마나 얼토당토않은 얼빠진 얼치기 얼굴이길래 바지는 요철 거울에 비친 바둑무늬 옷처럼 구겨졌나

　진창인 미로 두뇌에서 얼마나 헤매댔으면 저 가죽신은 가죽이 벗겨지고 신이 벗겨지고 무두질만 남았는가

　"당신에게 내 딸을 출가시킬 순 없어요"

　부인의 몸에서 가출한 입에서 가출한 말이, 딸을 태내

로 끌고 "들어가자, 애" 하며 예의의 안전막을 치고 총
총 달아난다

　하하 하루 뒤, 미안하지만 당신의 딸은, 내 백수에 情
火의 지문을 도장 찍듯, 곧 묻히게 될 것이다
　나는 苦笑를 침 묻히듯 입술에 바른다

연애의 물

위장병에 걸린 나는 연애의 밥, 연애의 막걸리, 연애의 새우깡을 먹는다

치정의 문장에 찍힌 마침표처럼 점 박힌 당신의 얼굴 앞에 나는 쉬엄쉬엄 트림한다

나의 쉰 입김에 어리는 당신의 얼굴은 유리 닦이듯 웃지만 두꺼운 성에가 낀다

당신이 내 위장약으로 사다준 가정약품사 사랑환 한 알을 당신 없이 혼자 복용해본다

내 연애의 위장은 즉시 급성 위경련으로 극통이다

나는 쓰러졌다 밥통, 밥통 같은 연애…

당신의 입술은 생리 때 피 흘리는 자궁처럼, 당신의 입술은

맨드라미꽃이 만발, 꽃그늘 아래로 붉은 아기 이슬이 떨어진다

그것이야말로 내가 먹어야 할 약수, 연애의 물인 것이다

당신이 그걸 어떻게 알 것인가

굴속에 들어가기

빈 소주병… 빈 잔… 이젠 다 마셨다 다아 ── 마셨다 붉은 잉크 방울처럼 퍼지는 한 장 얼굴, 황혼의 안색… 파리한 어깨峰으로 저물려 든다… 무거운 황혼… 산도 무너질 것 같다… 바라보면 해맑은 빈 소주병… 빈 잔… 마침내 빈 소주병을 빈 잔에 따른다… 그리고 空술을 마신다… 몸에 독처럼 퍼지는 空! 공의 독에 취해 술값도 잊은 채 쳐들린 얼의 窟, 얼굴로 주점 문턱을 초과한다… 아낙이 노를 저으며 내 후한 얼굴에 쌍욕의 더깨 그득 묻힌 침의 그물을 던지지만, 내 감각은 이미 해체되어 얼굴 속 얼의 굴, 이목구비 속에 覺자 화두로 각기 청각 시각 미각 후각으로 상호 교통하며 錯覺境에 들어가 있다 고로 아낙의 쌍소리는 헛소리에, 그의 떵실한 몸은 허깨비에, 그의 재재재재한 혀는 무취에, 그의 발정한 몸내는 무미하도다… 이러한 후안 속 무치의 심굴은 초감각한 선경이로다… 헐헐…

패각

오늘 공기는 다 마취제입니다 나는 쉽게 전신 마비가 되었습니다 폐경기에 가까운 입술에서 겨우 피 머금은 입김이 내비치면 수성 페인트인 듯 공기가 붉어졌습니다

신선합니다 건강한 누군가 나를 찾아옵니다 비 오는 날 꿈틀대는 지렁이처럼 내 입김을 쐬는 당신 피부는 혈색이 진동합니다 당신은 웃습니다 피 묻은 내 잦은 입김으로 공기는 생리합니다 웃습니다 홍당무 같은 당신 도끼에 찍힌 돼지처럼 당신은 웃습니다 후리덤 없이 공기는 생리 중입니다 공기는 마취제에서 피로 살아 있습니다 나의 입은 폐경기 만 27세의 갱년기입니다

누군가 나의 입에 싱싱한 말의 말뚝을 박아놓는다면 나의 조개는 벌어질 것입니다 패각이 곧 부서지겠지요

얼 굴

밤의 얼굴을 어쩌다 빨래한다
외출하듯 그것을 늘어진 거리의 줄에 내다 말린다
얼굴이 마르지 않는다
시간의 비가 주르륵── 흐르기 때문이다
권태가 극한에 이른
작열하는 햇빛이 비쳐도 얼굴은 젖어 있다
이 얼굴을 걷어다가 생활 건조기에 넣는다
얼굴은 한 장 마분지가 되어 내게 제출된다
그리고 생활 건조기는 내게 경고한다
"이것은 당신 얼굴의 벗겨진 조각입니다
당신의 얼굴 표정은 백지, 완벽한 백치!
당신 얼굴에 생의 표정을 써넣으시오"
그 마분지를 잡은 손에 피로를 느낀다
문득 그것은 모래알처럼 후드득 흩어져버린다

게으른 자의 천국

　나는 누워 있다 大자로 아주 누워 있다 움직일 수가
없다 누가 나의 목과 팔목, 발목에 곤충 표본처럼 핀을
꽂아두었기 때문이다 이건 십자가도 중한 수술 환자도
아니건만 그렇게 표본되었다 움직일 수가 없다 전시용
으로 포장된 유리면으로 타인(가족?)의 빗발 같은 시선
이 후드득후드득 쏟아진다 나는 움직일 수 없다 참을 수
없다 게으른 자의 천국! 표본대의 명찰엔 이렇게 씌어
있다 나의 눈동자가 톱니바퀴처럼 구른다 나의 안근과
눈두덩은 그렇게라도 찢어진다 그러한 나의 눈에 비친
가족의 눈은 다만 하품하듯 크게 벌어졌다가는 졸음에
겨워 지나가는 것이었으니…… 나는 표본 상자에서 부
활하듯 일어나 나비처럼 떠돌다 가정 밖으로 나간다

태우지 못하는 紙碑

　지각한 아침 해가 대답 없는 창유리를 노크하고 머리맡 자리끼처럼 내 두개골을 차지하면 나는 이 幽界의 거지 집 방문 위에 지비를 빨래 널듯 걸어 둔다

　방문자인 그대여 이 거지는 그저 생을 동냥하려는 까닭으로 잠시 생으로부터 출타 중이니 그대들에게 나의 부재를 알리네

　그러나 그대가 "이놈, 여기 생사람이 왔다!" 하고 이 假墓로 들이치면 봉합된 안면 두개골의 관절들이 빈 리어커처럼 덜거덕거리는 나의 실물 너털웃음에 그대는 정말 싱싱한 생사람이 되어 나갈 터인즉 그리하여 그대는 그대 심중의 부패를 모를 터이니 부디 화를 입지 말게나 어서 이승으로 돌아가게 그대의 부재로 나를 보라, 보기 싫으신가? 그렇다면 이 창창소년인 거지 옹을 떠나라

유계의 거지 드림

　불현듯, 투옥처럼 해가 저녁으로 감금되면 나는 얼른 그 지비를 떼어내어 오지 않는, 않을 그대들 ──그대들을 위해 심히 불쾌한 기쁜 낯짝으로 얼굴을 편다 추억의 두

루마리를 좌르르르 활짝 편다 파지처럼 찢어진 추——억
　서툰 악수로 무수히 묻히고 지워진 타인의 지문으로
부식된 기억의 손가락 갈피로 나는 지방 태우듯 이 지비
를 태우지 못하네

여행

　백지 위에 한 줄기 철로가 깔려 있다* 한 줄기는 끊어진 채 잇달아 깔렸다 필기발 삼등 열차 볼펜호가 달리기 시작한다 달아나기 쉬운 시행에 도착하기 위하여 볼은 구른다 쉼표인 간이역도 통과하고 중간중간 마침표역도 일방 통과다 승차하려는 군더더기 기억의 승객은 뒷전으로 멀어져가고……

　액체 연료 유류인 심은 줄어들건만 기관사의 시심 운전은 다년간의 시력에도 서툴다 갑자기 지나온 철로가 쭉 찢어지고 잘못 지나간 여행은 쓰레기통 속으로 곤두박질친다 볼펜호는 일단 정지에 달려든다

　과거를 버려라 미래의 시행에 도착하기 위하여 현재 기억의 열차 창문은 열어놓아라 과거에 도착하기 위하여!

　삼등 열차 볼펜호는 다시 급속으로 달린다 그리하여 미비된 한 편의 여행을 마치게 되면 바람 같은 여행…… 여행만이 남게 되어 삼등 열차 볼펜호는 철로 위에서 달리던 시심의 이름으로 순식간에 탈선하고 모나미 볼펜으로 복귀한다

　그리하여 무궤 백지 위에 건설된 활자로를 따라 독서발 특급 열차 시선호를 탄 승객들은 여행 그 자체밖에는 아무런 다른 목적이 없는 여행**행을 설레임으로 떠

나게 되리라…… 귀로는 없다

* 이상,「거리」.
** 장 그르니에, 『섬』.

서정과 해체 사이

김진수

> 바다를 바라볼 때면 슬며시 서늘함을 갖
> 는다. 어쨌든 경계가 분명한 바다를 느끼려면
> 젖어야 하기 때문이다. 그걸 지우려면, 몸을
> 던지거나 고기를 낚고 배 타는 일밖에 없다
> ──「시인의 말」에서

정남식의 시 세계에서는 언어로 표상되는 사태나 이미지들 사이의 진폭이 대단히 크고 또 말의 리듬이 급격하게 변화하기도 해 어떤 경우에는 해독하기가 난감할 정도로까지 애매하거나 난해한 말의 풍경이 펼쳐지곤 한다. 게다가 그 세계는 지향성이 다른 이질적인 두 개의 시적 의식이 혼재하고 있어서 하나의 일관된 흐름을 형성하고 있는 것처럼 보이지도 않는다. 언어의 이미지들 사이의 진폭이 크다는 것, 또한 말의 리듬이 급격한 변화를 수반한다는 것은 언어로 표상되는 하나의 사태와 또 다른 사태들 사이에 논리적 연관이 끊어진 듯한 일종의 비약과 단절이 개재해 있다는 사실을 뜻할 것이다. 또한 하나의 시집 속에 공존하는 두 개의 이질적 의식은 시적 주체의 분열과 복수성이라는 사태를 상정하게 만든다. 하기야 시라는 장르 자체가 근본적으로 감각적 이미지들의 유기적 연쇄에 의한 말의 리듬을 운명으로 삼고 있는 것이어서, 이러한 이미지들의 진폭과 리듬의 변화가 크다는 것은 그만큼 더 시인의 상상력이 역동적이라는 사실을 말해주는 것 이상이 아닐 터이다. 상상력이란 바로 이미지들의 유기적 연합에 다름 아니기 때문이다.

그렇기에 다른 모든 인간 정신의 능력이나 기능들과 마찬가지로 언어—논리적으로는 무질서한 듯이 보이는 상상력 속에도 또한 일종의 논리가, 즉 '이미지의 논리'라고나 부를 수 있을 어떤 감각의 논리가 작용하고 있는 것이다. 이처럼 감각적-미적 직관에 의존하는 시적 이미지의 논리는 일상 용어나 학문 용어가 사용하는 언어의 외연적/개념적denotative 층위의 관념 체계와는 달리 문학에 고유한 내포적/함축적connotative 차원의 의미 작용을 산출함으로써 그 구조화에 있어 일상의 언어 논리와는 질적 차별성을 갖는 것으로 알려져 있다. 일찍이 영미의 신비평이 제기했던 시의 애매성ambiguity에 관한 명제 역시 자연언어와 달리 시어가 지니는 이 같은 고유한 감각적—미적 이미지의 논리를 염두에 둔 것일 수밖에 없을 것이다. 개념의 논리가 아니라 이미지에 의한 감각의 논리에 의존하는 시에 있어서 이 같은 애매성은 곧 문학 자체의 불완전한 운명을 말해주는 것이 아니라, 이 불가피한 숙명으로 말미암아 문학 텍스트는 일의적/폐쇄적인 의미 체계로 완결되지 않고 늘 새로운 해석과 관점을 허용하는 다의적/개방적인 의미작용의 처소가 될 수 있는 것이리라. 문학 텍스트의 이해와 비이해 사이에 가로놓인 이 애매성의 차원이야말로 바로 문학의 무한한 의미—생성적 작용을 보증해주는 징표인 동시에 상상력의 역동성을 시험하는 바로미터가 된다.

시의 애매성과 다의성이 비록 일의적인 개념적 논리로 환원되지 않는다 할지라도, 그럼에도 불구하고 시 속에는 그것과는 다른 차원의 어떤 논리와 질서가 작용한다는 사실은 의심의 여지가 없다. 비록 하나의 기표가 또 다른 기표만을 지시하는 영원한 순환의 체계를 맴돈다 할지라도 문학이 언어라는 기호에 의존하지 않을 수 없는 한, 그리고 어떠한 언어도 그 지시 작용을 넘어서 그 자체로 완전히 자유롭게 존재할 수 없는 한(말라르메가 '순수시'라는 이름으로 이 불가능한 일에 도전한 예를 우리는 이미 알고 있지만), 시의 언어 역시 어쨌든 일종의 논리적 연관을 벗어날 수는 없을 것이기 때문이다. 개념에 의존하지 않고 이미지에 의존하는 이 최소한의 논리적 연관을 우리는 '감각의 논리'라고 불렀던 것이다. 감각이라는 용어의 라틴어 어원 aisthesis은 두 개의 서로 다른 의미의 맥락을 형성한다. 하나는 인식의 능력으로 사용되는 일상의 감각을 지칭하고, 다른 하나는 관능의 능력으로 사용되는 특수한 의미의 맥락을 갖는다. 가령, 우리가 어떤 대상을 '본다'는 것은 단순히 그 대상을 시각에 의해 인식한다는 사실만을 뜻하지는 않는다. 그것은 또한 대상을 '눈으로 어루만지고 향유한다'는 뜻을 갖기도 하는 것이다. 말하자면 문학과 예술에 적용되는, 미학적으로 정위된 감각의 개념은 바로 이러한 후자의 의미에서 관능의 능력을 지칭하는 것으로 이해되어야 한다. 미적 감각은 사물이나 세계에 대한 감각적 인식에 해당되는 것이 아니라 관능적 향유에 관계된다는 뜻이다. 감각 sense이라는 영어 명사가 두 개의 형용사 '감각적인 sensitive'과 '관능적인 sensual'을 따로 갖는 이유도 저 라틴어 어원이 지닌 숙명으로부터 기인하는 것이리라.

그러므로 문학 텍스트에 있어서 복수의 주체의 출현은 시의 결과가 아니라 바로 그 원인이 된다. 왜냐하면 단일한 주체/주어라는 관념의 상정이 개념적 논리의 필연적 귀결이라면, 이미지에 의한 관능의 능력('미적 aesthetic'이라는 용어의 정확한 의미가 바로 그것일 테지만)으로서의 감각의 논리는 이 같은 유일한 주체/주어라는 관념을 파기시킬 것이기 때문이다. 관능의 능력으로서의 감각은 고정된 유일한 주체를 상정하는 것이 아니라 또 다른 주체를 해당 사태 속으로 끌어들인다. 관능의 관계 속에서 감각은 세계를 대상으로가 아니라 또 다른 하나의 주체로 받아들이기 때문이다. 우리가 감각을 단순히 인식의 수단으로 정의할 때, 정신과 자연의 관계는 주체와 대상이라는 유아론적 틀을 넘어서지 못하게 된다. 그러나 감각이 관능의 능력으로 정의될 수 있다면, 거기에서 정신과 자연의 관계는 서로 대등한 복수의 주체로 설정될 수 있을 것이다. 왜냐하면 관능적 관계, 즉 에로티시즘에 있어서 존재의 이원성은 필연적이기 때문이다. 존재의 이원성을 상정하지 않는 에로티시즘은 불가능하다는 사실을 역설한 이는 바타유였다. 에로티시즘의 관계 속에서 존재는 배가되는 것이다. 그러므로 정남식의 시 세계에서 복수의 주체가 출현한다는 것은 시인이 자신의 감각을 대상 인식의 도구가 아니라 또 다른 주체인 세계나 타자와 몸을 섞는 관능의 능력으로 사용하고 있음을 말해주는 것일 터이다.

정남식의 시 세계를 관류하는 핵심적인 모티프는 '바다—물고기'의 이미지이다. 간혹 이 모티프가 '하늘—새'의 이미지나 '비—나무'의 하위 계열체 이미지들로 변주되기는 하지만, 후자의 이미지들이 전자의 모티프 속에 온전히 포섭될 수 있음은 의심의 여지가 없어 보인다. 문제는 이 이미지들의 짝패가 시의 의미론적 구조를 결정짓는 방식, 즉 우리가 시의 참된 주제라고 할 만한 텍스트의 내적 조직화를 해명하는 것이리라. 정남식의 시 세계에서 바다/물의 이미지는 무엇보다도 생명력과 재생(혹은 정화)이라는 원형 상징의 자장 속에 온전히 자리하고 있다. 바다로 상징되는 어떤 원초적인 생명력과 재생을 향한 그리움, 또 그로부터 소외된 사회적—현실적 구조와 상황으로부터 발생한 슬픔의 정조가 정남식의 시 세계를 주조하는 주된 정서의 꼴이다. 그리고 이 정서가 스스로를 표현해내는 리듬의 방식에 따라서 시인의 시들은 서정과 해체의 자장 속을 왕복하는 듯하다. 저 정조들이 대개는 연시(戀詩)의 형식으로서 잘 조율된 리듬을 동반할 때 정남식의 시들은 단아한 서정시의 품격을 지니게 되지만, 그것이 분열적인 리듬을 갖는 언어적 실험의 형식으로 드러날 때 시인의 작품들은 전복적인 해체시의 열정을 갖는다. 정남식의 시 세계는 이 같은 서정의 인력(引力)과 해체의 열정이 긴장과 길항 속에서 삼투하고 있다.

　서정시는 근본적으로 정신과 자연, 자아와 세계 사이의 동질적 균형 상태를 가정한다. 말하자면 자아와 세계는 서로 교환 가능한 것들이 되어 정신과 자연은 모두 주체의 자기동일성 속으로 온전히 수렴될 수 있는 것으로 상정하는 것이다. 이에 비해 해체시는 자아와 세계의 돌이킬 수 없는 균열과 불화의 의식으로부터 자신의 존재를 정립한다. 거기에서 정신과 자연은 분열되어 있으며, 이 분열이야말로 해체시가 자신의 존재 조건으로서 탐색하고 또 해체하고자 하는 지반이 되는 것이다. 정남식의 시 세계는 이 양 방향 '사이'에 존재한다. 다시 말해 시인의 시 세계는 정신과 자연의 분열을 상정한 근대 이후의 시의 운명을 가르는 분기점에 서 있다는 것이다. 거기에서 시인의 의식은 근대 이전의 정신과 자연의 조화로운 통일성을 염두에 두고 있지만, 시인의 현실적인 존재가 직면한 조건은 이 통일성이 깨진 상태를 드러내게 된다. 전자에 무게가 실릴 때 정남식의 시는 그리움의 정조로 채색되고, 후자에 중심이 옮겨지면 그 세계는 슬픔의 정조로 침윤된다. 그러므로 정신과 자연의 조화로운 통일성에 대한 그리움과 그것들의 분열 의식으로부터 촉발된 슬픔은 정남식의 시 세계가 자리하고 있는 '서정과 해체 사이'가 정서적 차원으로 분화한 것이라고 볼 수 있다. 대체로 시집의 1부와 3부에 실린 시들은 시적 자아와 세계 사이의 조화로운 관계를 설정할 수 있는 서정시 계열에 속하는 반면, 2부와 4부(특히 2부가 그렇지만)의 시들은 자아와 세계 사이의 불화와 균열을 의

도적으로 강조하는 해체시의 특징을 갖는 것으로 분류될 수 있을 성싶다.

먼저, 서정적 지향을 갖는 계열의 시들을 살펴보기로 하자. 앞서 이미 언급했듯이 서정시에서는 주체와 대상 혹은 정신과 자연 사이의 조화로운 통일성이 사태의 핵심적인 관건이 되는데, 그러한 통일성은 대부분 교감이라는 정서의 형태에 의해 확보되는 것으로 알려져 있다. 교감sympathy이란 '정념pathos'을 '함께한다sym'는 것을, 즉 마음을 나눈다는 것을 의미한다. 일찍이 보들레르의 '만물조응'에서 그 현대적 입지를 확보한 바 있는 이러한 정서의 형태는 현대의 모든 서정시가 추구하는 궁극적인 정신의 경지일 것이다. 정남식의 시 세계에서도 이러한 물아일체의 어떤 정신적 절정의 순간이 탁월한 절창의 노래로 불려지고 있는 경우가 드물지 않게 목격된다. 가령, 다음과 같은 시를 보기로 하자.

굴참나무 뒤로 계곡 물이 흐른다
물소리 점차 불어나고 이내 어두워졌다
큰 물소리를 귀에 베고
휴양림 산막에 누웠다

굴참나무처럼 서 있었다

소리도 없이 번개가 산 너머에서
빛을 냈다

불안한 귀로 보았다
번개 불빛에 뼈처럼 드러난 물살들
네 살이 확, 넘쳤다   —「굴참나무 밑에서」 전문

"소리도 없이 번개가 산 너머에서/빛을 냈다"는 표현은 천둥소리를 동반하지 않는 순수한, 마른 번개를 지시한다. 그것은 일체의 불순물이 게재되지 않은 순수한 빛의 세계를 상징하는 것처럼 보인다. 그 순수 절정의 순간이 바로 서정시가 목표로 하는 정점이다(「황혼」 같은 빼어난 시를 다시 읽어보라!). 왜냐하면 서정시는 주체로 환원되지 않는 대상 세계의 잉여를 전혀 허용하지 않기 때문이다. 서정시 속에서 대상은 주체 속에 온전히 포섭되어 순수한 자기동일성의 표상으로 환원된다. 거기에 대상의 잉여가 자리할 여지는 없다. 모든 것은 "번개 불빛에 뼈처럼 드러난 물살" 처럼 주체의 자기동일성으로 남김 없이 온전하게 수렴된다. 이렇게 정신과 자연은 시적 주체의 자기동일성 속에서 동질적인 균형의 상태를 회복한다. 시의 마지막 행 "네 살이 확, 넘쳤다"는 구절에 등장하는 '확'이라는 부사어의 출현에 주목해보자. 그것은 일상의 정서로부터 이 같은 절정의 정서로 비약하는 어떤 순간이나 지점, 가령 비등점 같은 것을 표현하기 위해 등장한다. 이 같은 부사의 사용은 가령, "뭍 것의 비린내, 화악 나는 모아지고"(「물결」) 같은 의미론적으로 불명확한 구절에서 드러나는 '화악'이라는 표현 속에도 등장한다. 이러한 물아일체의 교감 상태를 더욱 분명하게 드러내고 있는 것은 "불안한 귀로 보았다" 같은 공감각적 표현법이다. 공감각synesthesia은, 교감이 정념을

나누어 갖듯이, '감각esthesis'을 '함께한다syn'는 뜻이다. 그러므로 그것은 교감과 의미론적으로 같은 층위에 자리하고 있다고 말할 수 있다. 공감각은 각각의 이질적인 감각들의 교환 가능성에 근거를 두고 있다. 이질적인 감각들이 상호 교환될 수 있다면, 주체와 타자의 감각들 또한 교환되지 못할 리 없다. 따라서 공감각은 주체와 타자의 관능적 융합과 일치를 추구한다고 말할 수 있을 것이다. 보들레르가 일찍이 주목했던 이 같은 감각의 상호 교환성은 정남식의 시 세계에서 주목할 만한 특징으로 자리하고 있다. 가령, "바다가 반쯤 귀를 열고 눈뜨고 있다"(「친구」) 같은 표현이 대표적인 예에 속할 것이다. 시인은 아예 이러한 오감의 상호 교환 가능성에 대하여 "내 감각은 이미 해체되어 얼굴 속 얼의 굴, 이목구비 속에 覺자 화두로 각기 청각 시각 미각 후각으로 상호 교통하며 錯覺境에 들어가 있다"(「굴속에 들어가기」)고 고백하며, 이러한 상태를 일러 '초감각한 선경'이라고 명명했던 터이다.

정신과 자연이 일체가 된 교감의 상태를 상징하는 매개체는 대부분 정남식의 시에서 '바다/물'의 이미지로 출현한다(바다/물의 이미지에 대립하여 짝패를 이루면서 대위법적 위치를 차지하고 있는 이미지는 '햇빛'이다. 그것은 물의 습기를 마르게 하는 이미지로서 시집에 간혹 등장할 뿐이다. 가령, 「저녁노을, 낮은 한숨으로 지는 그대」에서 "햇빛은 우리 사랑의 물기를 고양이처럼 핥는다" 같은 표현으로 등장한다). 그리고 그것은 언제나 생명력 혹은 재생이나 정화라는 원형 상징과 밀접하게 관련되어 있는 것으로 보인다. "바다는 거대한 들날숨, 젊은 애비, 나도/저리 숨어 지워졌다가 생명의 뻘을 갈아엎는/애비가, 아아, 되고…… 싶어라!"(「독지리, 서해 갯벌」) 같은 구절이야말로 이러한 사태를 극명하게 드러내고 있다. "비에 젖을 때 늙은 마음도 문득 청춘입니다"(「청춘의 이불」) 같은 구절이 노래하고 있듯이 '비/물' 역시 청춘을, 그러니 또한 생명력을 환기시키는 이미지로 사용되고 있는 것이다. 이러한 원초적 생명력에 대한 그리움이 정남식의 시 세계에서는 서정적 경향의 시들로 각인되어 있다.

이에 비해 대부분 시집의 2부에 배치된, 장시의 형태를 갖는 해체적 경향의 시들은 마치 전체가 한 편의 연작시를 구성하고 있는 것처럼 보일 정도로 그 시적 언어들은 한결같이 우울한 장광설과 요설의 형식을 취하고 있다. 숱한 파열음과 불협화음을 내는 이 분열된 언어의 조합들은 마치 오늘날의 불온한 자본주의적 일상의 삶의 풍경을 세밀화로 보여주듯이 온갖 그로테스크한 장면들을 연출해낸다. "저 땅에서의 사랑이란, 한갓 물거품뿐이었다"며 사랑이 부재하는 현실을 사는 자의 자기모멸과 추락을 노래하고 있는 「지옥」, 도시의 지하를 관통하는 지하철 속의 풍경을 마치 인육을 삼킨 괴물의 뱃속 장면처럼 묘사하고 있는 「철갑 고래 뱃속에서」, 타이포그래피의 실험적 효과를 통해 물고기가 사는 우물이 탁해져 마침내는 어떤 생명도 살 수 없게 된 재생 불가능한 현실을 알레고리화하고 있는 「청어의 노래」, 그리고 모든 창의성이 고갈된, 불모한 자본주의적 삶의 일상을 둘러싸고 있는 현란한 광고 문구들로 모자이크된 시에 역설적인 제목을 붙인 「나의 그리움은 어디에 있는가」, "생을 잃고 야수만 남긴 채/검은 가죽 털의 한끝에 매달려 있"는 박제된 흑곰, 약용으로 쓰이는 고양이 새끼, 거북, 지네, 흑염소, 두꺼비, 뱀 등 온갖 끔찍한 동물들의 죽음과 주검이 십여 쪽에 이르는 긴 목록으로 작성된 「경동시장」 등은 모두 우리가 사는 이 불모한 일상의 삶의 풍경화들인 셈이다. 결국 시인은 이 같은 파편화된 언어의 형식을 통해 재생 불가능한 이 자본주의적 삶의 현실과 일상을, 그러니 또한 완벽하게 의사소통이 불가능하게 된 세계를 회화화하고 조롱하는 것이다.

이 같은 비판의 가장 격렬한 실험적 형식이 바로 「나의 그리움은 어디에 있는가」라는 시(팝 아트pop-art의 '기성품ready-made' 예술의 문학적 번안이라고 해야 할 그것을 시라고 할 수 있다면)이다. 그것은 모든 생명력과 교감이 고갈된, 죽음과 죽임이 일상화된 완벽한 불모의 현재적 삶의 가공스런 초상으로 자리한다. 시인은 이 세계를 또 다른 시에서 '바벨컴'(「경동시장」)이라고 명명한 바 있다. '바벨탑'의 어의적 전용어에 해당할 이 용어로써 시인은 하늘에 닿으려는 인간의 오만이 불러온 현재적 결과로서의 황폐한 자본주의적 인공 세계의 상태를 지시한다. 달리 말하자면, 그것은 "썩은 도시의 분뇨로" 드리워진 "안개 시정 거리 0킬로미터"(「안개 인간」)의 현실을 지시하고 있다. 그것은 또한 한 치 앞도 분간할 수 없도록 짙게 드리워진 안개의 현실, "말들이 통하지 않는 이 빈 터"(「숨길」)로서의 자본주의적 의사불통의 현실을 상징한다. '고래 뱃속'과 '안개'와 '지옥'으로서의 세계, 그것이 시인이 바라보고 있는 오늘의 현실이다. 시인은 이러한 죽임과 죽음의 현재 상태를 태내에 든 아이를 인공으로 유산시키는 산부인과 병동의 살벌한 풍경을 통해 "아아 쑥밭인 내 몸"(「조산부인과」)
이라고 노래한다. 다음의 시는 이러한 죽음의 현실을 애도
하는 하나의 조사(弔詞)로 자리하게 될 터이다.

> 봉분의 풀처럼 자란 하늘의 잿빛 풀 더미여
> 그 밑에서 우리는 반공중의 묘혈에 산 채로 입관된 듯싶다
> 눈을 감아라 모두들 눈을 감아라
> 물처럼 끓어오르는 나의 담배 연기는 분향의 징후다
> 나의 껍질은 이렇게 끈적끈적할 수가 없구나
> 나의 모든 피부는 죽음의 꿀물로 발려 있다
> 오오 이 세상을 뛰쳐나가 이 세상을 뛰쳐나가!
>
> ──「장마전선」부분

정남식의 시 세계에서는 이처럼 무한한 생명력과 교감
을 지향하는 서정적 경향의 시들이 한편에 있고, 또 다른
한편에는 죽음과 의사불통의 현실을 비판하는 해체적 경향
의 작품들이 존재한다. 따라서 이 두 경향들은 서로가 서
로에 대한 알리바이로 작용한다고 말할 수도 있다. 시인에
게 있어서 원초적인 생명력과 재생을 상징하는 바다는 애
초부터 그리움의 대상으로 자리하고 있었다. 그러나 불모
한 일상의 도시적 현실은 저 바다에 이르는 길이 쉽지 않
음을, 아니 어쩌면 불가능함을 말해주고 있다. 이 불가능
성으로 인해 정남식의 시 세계에서는 관념으로만 설정된
모든 유토피아로의 달콤하고도 손쉬운 도피의 길이 지워진
다. 대신 이제 시가 감당해야 할 몫은 저 실낙원의 슬픔일
뿐이다. 정남식의 시 세계에 드리워져 있는 비극적 정조는

바로 이러한 맥락에서 기인한다. 그리고 새로운 유토피아를 향한 모든 가능성이 차단된 이 비극적 정조 속에 현대인의 피로와 무관심과 권태가 자리하게 된다. 시집의 4부에 실린 대부분의 시들은 바로 이러한 현대적 정신의 불모한 풍경에 초점이 맞추어져 있다. 가령, "피로하다 피로하다 필요하다 언제나 그것은 나에게 필요한 것인지도 모른다"(「피로 1」) 같은 구절에서 드러나는 피로감, "지극한 피로의 신경 조직체 우두머리는 치열한 무관심, 이 보스의 졸개들 신경 감각은 그러나 섭씨 100도처럼 들끓는다"(「피로 2」) 같은 구절에 등장하는 무관심, 그리고 "나는 누워 있다 大자로 아주 누워 있다 움직일 수가 없다 누가 나의 목과 팔목, 발목에 곤충 표본처럼 핀을 꽂아두었기 때문이다"(「게으른 자의 천국」) 같은 구절이 표상하는 권태 등은 모두 고향이나 유토피아적 이상향을 상실한 현대 세계의 불모성을 환기시켜주는 이미지들이다. 이렇듯 돌아갈 곳 없는, 고향을 상실한 자의 슬픔이야말로 바로 정남식의 시 세계가 거주하고 있는 현재의 자리를 확인케 해준다. 그리하여 저 원초적인 생명력으로 들끓어야 할 바다는 다음과 같은 침묵의 장소로 화하게 된다. 이 침묵의 장소로서의 바다는 생명력을 상실한 곤핍한 이 자본주의적 삶의 상징이 될 터이다.

　　바다 속에서도 바다는
　　바다가…… 바다를 말하는 거대한 침묵
　　어류의 지느러미가 바다를 흔들 뿐
　　나는 알아듣기 힘든 사투리로 헤엄칠 뿐이다

빛의 그물에 잡히지 않는 침묵의 눈을 피해
도떼기언어의 沙場으로 달아날 뿐이다
                          ―「송도의 아침 식사 후」 부분

　"바다가…… 바다를 말하는 거대한 침묵"이라는 표현
은 생명의 산실이어야 할 바다가 침묵하는 주체이자 또한
동시에 그 침묵의 내용 자체라는 사실을 말해준다. 이 침
묵은 불가해하면서도 요지부동이다. '거대한'이라는 수식
어가 의미하는 바가 바로 그것일 테다. 그러니 이 바다야
말로 바로 우리 삶의 신비와 장려함을 상징하는 것이겠지
만, 그러나 이 요지부동의 바다를, 그 침묵을 흔들고 깨울
수 있는 것은 오로지 '어류의 지느러미'일 뿐이다. 이 어류
의 지느러미를 생명의 날갯짓으로 이해할 수 있다면, 우리
는 이 삶의 신비를 움직이는 것이 바로 생명이라고 말할
수 있을지도 모른다. 그러나 이 생명은 또한 개별적인 생
명 그 자체일 뿐이어서 저 불가해한 삶의 침묵을 완전히
이해하고 표현할 수 있는 것은 물론 아니다. 생명은 이제
그저 "알아듣기 힘든 사투리로 헤엄칠 뿐이다." 그렇기에
삶의 언어는 여전히 해독되지 않는다. 생명은 그저 제 방
식대로, 알아듣기 힘든 사투리로 삶의 일각을 불분명하게
드러내고 노래할 수 있을 뿐이다. 이처럼 삶의 신비는 이
제 모든 언어의 한계 바깥에 놓이게 된다. 그것은 어떠한
'빛의 그물'로도 포획할 수 없는 절대적으로 '다른 것'이
다. 자기동일성으로서의 주체/생명은 이 다른 것의 실재
를, 그 의미를 절대적으로 이해할 수 없다. 주체는, 또한
이 주체의 말은 다만 '도떼기언어의 沙場'만을 배회할 수

있을 뿐이다. 말은 삶에 닿지 못하고, 물고기는 결국 바다로 돌아가지 못한 채 해변의 모래사장 근처에서 좌초되고 만다. 다음과 같은 물고기의 이미지가 환기시키는 것도 어쩌면 바로 그러한 사태이리라.

> 지난밤의 창가에 물고기 한 마리
> 울고 있다 파도 소리에 지워졌다 나타나며
> 그 소리는 내내 그대의 잠결에서
> 흔들렸다 그대여, 그대의 손이 떨렸으리라
>
> 해 지도록 방파제에 바람 불고
> 줄에 묶인 빈 고깃배로 서성였건만
> 물고기떼 다들 숨었다
> 바람이 그대 입을 거칠게 여닫는다
>
> ──「그대 한 마리」 부분

그러나 바다와 물고기의 관계가, 다시 말해 삶과 생명 혹은 세계의 부재하는 실재와 언어의, 그리고 침묵과 빛의 관계가 이렇게 서로 조우할 수 없는 비극적 관계로만 구성되지 않는다는 데에 또한 이 삶의 신비가 자리하는 듯하다. 삶에 대한 정태적 관점은, 물론, 이 비극의 구도 속에 머문다. 그러나 생명이 이 삶의 실재와 조우할 수 있는 유일하게 열린 길이 있으니, 그것은 아마도 사랑일 것이다. 삶에 대한 동역학적 관점을 요구할 이 사랑의 행위는 정남식의 시에서 저 삶의 신비에 접근할 수 있는 유일한 통로인 것처럼 제시되고 있다. 그렇기에 이 사랑은 저 어둠과 침묵에 절대적으로 대립하고 있는 어떠한 빛이나 언어로서도 비유될 수 없는 것이다. 아래의 시가 노래하고 있듯이, 그것은 저 삶 속에서 마냥 "넘치고 들끓으며/서로서로 몸을 뒤섞는" 어떤 순수 행위일 수밖에 없다. 그렇기에 그것은 정태적으로 파악된 어떠한 "빛도 어둠도 아닌" 완전히 새로운 그 어떤 것이다.

> 바다 한가운데에서 사랑의 물결은 넘치고 들끓으며
> 서로서로 몸을 뒤섞는다. 그 뒤섞임 속에 바다는
> 제 몸을 가둔다. 그 어디를 헤엄쳐 가나, 사랑
> 빛도 어둠도 아닌, 사랑
>
> ──「빛도 어둠도 아닌, 사랑」 부분

이제야 우리는 시집의 앞머리에 배치해놓은 '시인의 말'을 온전히 이해할 수 있게 된다. 시인은 거기에서 "바다를 바라볼 때면 슬며시 서늘함을 갖는다"고 말했다. 바다를 구성하고 있는 물의 이미지로 인해 이 '서늘함'은 우선 별다른 상상력의 노력 없이도 즉각적으로 우리의 감각에 호소할 법하다. 그러나 이 서늘함은 그런 종류의 감각에 호소하는 서늘함을 넘어서 있다. 그것은 가령, 주체가 자기동일성을 상실할 수밖에 없는 어떤 절대적인 순간의 경험, 즉 사랑의 경험으로부터만 이해될 수 있는 심리적 사태이다. 달리 말하자면 이 용어로서 시인은 주체의 자기동일성이 상실되는 어떤 불가능한 하나의 경험에 대해 말하고자 했던 것이다. '슬며시'라는, 의외의 자리에 출현해 있는 부사어가 한정하는 무의식적 사태는 바로 이러한 경험과 관련되어 있는 것으로 보인다. 그것은 시인에게 있어서 바다는 관념의 사태가 아니라 몸과 무의식이 먼저 반응하는 어떤 생생한 실재의 사태임을 고지해준다. 그렇기에 시인은 다음과 같은 이유를 적시해두었다. "어쨌든 경계가 분명한 바다를 느끼려면 젖어야 하기 때문이다." 바로 그렇다! 저 바다는 주체의 명료한 자기동일성이라는 관념의 층위에서 파악된 바다가 아니라, 이 동일성이 지워지고 해체되는 사랑의 경험과 관련된 바다인 것이다. 그리하여 시인은 "그걸 지우려면, 몸을 던지거나 고기를 낚고 배 타는 일밖에 없다"고 고백한 것일 터이다. 삶과 생명은, 침묵과 언어는, 어둠과 빛은 사랑으로 인하여 서로서로 그 완고한 경계를 허물고 마침내는 뒤섞인다. 그리하여 사랑은 저 삶의 불가해한 신비를 풀 수 있는 유일한 통로가 되는 동시에, 그 자체로 또한 이해할 수 없는 하나의 신비가 된다. 왜냐하면 우리는 사랑이 어떻게 저 삶의 신비의 빗장을 풀어 그 자체로 침묵/부재하는 실재의 절대적인 경험이 되는지를 더 이상 언어로서 설명하거나 이해할 수 없기 때문이다. 세계와 존재에 대한 이 절대적인 경험, 즉 사랑에 덧붙여진 이름이 바로 시일 터이다. 하기야 시가 그런 것이 아니라면 또 무엇이겠는가? 정남식의 시들은 이제 더 이상 회복될 수 없는 어떤 세계 상실의 고통과 아픔을 각인하고 있는 것처럼 보인다. 그리고 이 고통이 시인으로 하여금 이미 상실된 세계의 원초적 생명력과 아름다움에 대한 그리움과 슬픔의 정조를 환기시킨다. 이 그리움과 슬픔의 정조 속에서 그가 꿈꾸는 사랑은 "저녁노을, 낮은 한숨으로 피었다/지는 그대"의 모습으로 자리하고 있다.

사랑은 지루하게 더디고
구불구불한 날들의 끝처럼
텅 마른 그대 날 저물 듯이 오리라
그대, 구름 같은 그대
하늘 푸른 거울에 낯 붉히며 비치는 구름이여
저녁노을, 낮은 한숨으로 피었다
지는 그대

　　　　——「저녁노을, 낮은 한숨으로 지는 그대」 부분